Mon Clone

Mon Clone

Lucile Darze

Édition : BoD · Books on Demand, 31 avenue Saint-Rémy, 57600 Forbach, bod@bod.fr
Impression : Libri Plureos GmbH, Friedensallee 273, 22763 Hamburg (Allemagne)

ISBN : 978-2-3224-7883-5
Dépôt légal : mars 2025

Mes sincères remerciements,
à Laurent, Anne, Linoy, Claire, Philippe,
pour leur relecture, leurs suggestions, leurs corrections et
leur soutien.

Merci à mes enfants, pour leurs encouragements ;
En espérant que cela vous plaira le jour où vous le lirez.

Un énorme merci à Anne By,
pour l'illustration de la couverture.

PERSONNAGES

- Arthur et son clone Tutur (pour la pièce, des jumeaux)

- Francis

- Johan

- Juliette

- La mère de Juliette, Nadine

- Le directeur Mr Delaporte

- La secrétaire

Arthur, Tutur, Francis, Johan et Juliette ont tous une trentaine d'années.

Nadine, le directeur, et la secrétaire : la soixantaine.

SCENE 1

Arthur, Francis, Johan.

Dans l'appartement d'Arthur.

*2 canapés (1 à gauche, 1 au milieu), 1 fauteuil sur la
droite, 1 table basse au centre.
Dans le coin à droite, un bar.
A gauche, la porte.*

*Francis est assis dans le canapé, de gauche,
Johan dans le fauteuil.
Arthur va se servir au bar, puis revient s'installer dans le
canapé du milieu.*

Arthur : Ça fait un bail, les gars !

Francis : Petite soirée sans gonzesses, comme au bon
vieux temps !

Ils trinquent.

Francis est vautré dans le canapé.

Francis : Alors comme ça, mon Tutur, tu voulais nous annoncer quelque chose ?

Arthur : Ben oui.

Francis : Attends, attends ! Laisse-moi deviner !

Arthur : Tu pourras pas deviner, Francis.

Francis : Attends, attends ! Je cherche quand même !

Johan : Tu changes de boulot ?

Francis : Mais non, t'es con ou quoi ? Il vire toutes les gonzesses pour la soirée, c'est forcément un truc plus profond…

Arthur hoche la tête.

Johan, *perplexe* : … Ah bon… Bon… Un coming out ?

Arthur : Pas du tout.

Francis : Mais c'est mieux. Je sens qu'on approche.

Arthur : C'est toi qui le dis.

Johan : Tu te casses à l'autre bout du monde ?

Arthur : Non. *Souriant* : Du moins pas maintenant.

Johan : Tu changes de vie ?

Arthur : Ça, c'est pas impossible.

Francis : Attends, attends ! Je vais trouver !

Johan : Tu as retrouvé un amour de jeunesse ?

Francis, *qui glousse* : Ah oui, comment c'était déjà, la belle rousse et ses seins globuleux ?

Johan : Aglaé, elle s'appelait, la meuf.

Arthur : Pas du tout, c'était Suzie ! Et c'était pas ses seins globuleux qui me faisaient bander, mais ses yeux émeraude !

Francis : Mouais, c'est ça ! À d'autres !

Johan, *espiègle* : C'est vrai qu'on était déjà dans la boucle à l'époque ! Et franchement, tu ne nous parlais pas que de ses yeux.

Arthur, *agacé* : Bon, ça va les gars ! Vous la trouvez ou pas, la nouvelle qui va révolutionner ma vie ?

Francis et Johan s'observent. Petite moue. Haussent les épaules. Puis abandonnent.

Arthur : Alors ?

Francis : Langue au chat, mon vieux !

Arthur va se resservir un verre, pour trinquer et faire durer le suspense.
Puis, solennellement :

Arthur, *très fier* : Les gars, je me suis commandé un clone !

Silence.
Regards interrogatifs.
Se grattent la tête.
S'observent.

Francis : … Un… Un clone ?

Arthur, *victorieux* : Oh ouais, putain ! Un clone !

Francis, *dubitatif* : Mais… Euh… Comment ça, un clone ?

Arthur, *triomphant, portant un toast* : Les gars, à mon clone !

Ils lèvent leur verre, incertains.

Francis et Johan, *en chœur* : À ton clone…

Arthur se lève.

Arthur : Les gars, laissez-moi vous présenter…

Il va ouvrir la porte sur la gauche de la scène.

Arthur : Tutur !

Son clone, Tutur, entre.

SCENE 2

Francis, Tutur, Arthur, Johan

Tutur s'avance ; il est une copie conforme d'Arthur, mais marche de façon un peu plus saccadée, pour qu'on repère que c'est lui le robot. Visage moins expressif.

Johan se lève, et recule, comme épouvanté. Il se place derrière le canapé.

Johan : Whoo putain, c'est quoi ça ?

Tutur, *un sourire avenant aux lèvres (mais toujours un peu figé), parlant de façon discrètement monotone* : Bonjour, je m'appelle Arthur, Tutur, pour les intimes.

Johan, *étonné. Ne tient pas en place. Cherche à s'éloigner du clone* : Whoo putain ! … Whoo putain ! …

Arthur, *montrant tour à tour Francis, puis Tutur, pour faire les présentations* : Francis… Tutur.

Francis tend fébrilement la main à Tutur, qui, l'air jovial, la saisit et la serre d'un mouvement brusque et irrégulier.

Tutur : Enchanté Francis.

Francis, *éberlué, mais qui cherche à rester poli* : Euh…
Enchanté Tutur.

Arthur se tourne vers Johan.
Nouvelles présentations.

Arthur : Johan… Tutur.

Johan ne serre pas la main, l'évite, et esquive vers le bar.

Johan : Whoo putain !... Whoo putain !...

Tutur serre la main dans le vide.

Tutur : Enchanté Johan.

Johan se ressert un verre au bar et l'engloutit cul-sec.

Johan : Whoo putain !

Tutur se tourne vers Arthur, l'air interrogatif.

Arthur *lui explique, amusé* : Johan est impressionné,
Tutur. Tu peux t'assoir, il va progressivement
t'apprivoiser.

Tutur hoche la tête de façon mécanique, comme s'il
comprenait.

Arthur : Tu peux t'assoir, Tutur.

Il lui indique une place sur le canapé central.

Tutur, obéissant, va s'y assoir, bien droit, rigide ; et,
attentif, il observe.

Arthur s'avachit sur la place juste à côté de lui.

Francis essaie de garder une contenance, de rester sérieux, mais on sent qu'il a envie de rire.

Johan garde ses distances et reste au bar. Il fixe son verre, et jette de temps à autre de petits coups d'œil suspicieux.

Francis : Ainsi donc, Tutur, tu es le clone d'Arthur ?

Tutur, *sérieux* : Oui, c'est exact.

Arthur, *en aparté à Tutur* : Tu vois, Tutur, si tu veux me ressembler vraiment, il faut dire ça, mais l'air un peu plus décontracté.

Tutur : Ah ! Pardon.

Arthur, *à Francis* : Tutur est encore en phase d'apprentissage. *À Tutur* : Vas-y Tutur, redis « c'est exact », mais en mode décontract.

Tutur, *souriant, jovial* : Oui, c'est exact.

Arthur : Pas mal.

Francis : Tutur, la dégaine, Tutur !

Tutur regarde Arthur, s'avachit, et répond en prenant la même position. Seul le débit est encore un tout petit peu saccadé.

Tutur : Ouais, c'est exact.

Johan : Whoo putain ! …

Francis : Fascinant…

Arthur, *très fier* : Tu gazes, Tutur, tu gazes.

Tutur, *l'air touché du compliment* : Merci.

Francis : Fascinant…

Arthur : Avec Tutur, ça fait un mois qu'on s'entraîne ! L'idée, c'est qu'il me ressemble de plus en plus.

Francis, *pensif* : Tu appelles ça un clone… Mais, c'est quoi exactement ?

Arthur, *évasif* : Un robot, à mon image.

Francis : Et Juliette ? Elle en pense quoi ?

Arthur : Je lui ai pas encore montré… C'est pour lui faire la surprise. Je perfectionne encore un peu les répliques, pour qu'avec Tutur, on lui sorte le grand show.

Johan : Whoo putain ! Whoo putain !

Arthur : Eh les gars ! Faut pas vendre la mèche, hein ? C'est une surprise !

Francis : Ok, ok… Et le but, à terme ?

Arthur : Quand Tutur sera opérationnel, je l'enverrai en représentation, pour tous les trucs relous.

Francis : Et euh… Ta merveille, elle t'a coûté combien ?

Tutur, *inquiet, à Arthur* : C'est moi la merveille ?

Arthur, à Tutur : Carrément, mec ! C'est toi la merveille !

Arthur, *à Francis* : T'as pas idée, Francis, t'as pas idée. Ça m'a coûté les yeux de la tête. Mais faut bien ça pour que le clone soit une copie fidèle.

Francis : Et… Pardon… Mais… Le but ?

Arthur, *visionnaire* : Francis ! La représentation, Francis ! La représentation !

Rideau.

SCENE 3

Tutur, Arthur.

Assis au bar, chez Arthur.

Tutur est assis bien droit.
Arthur, dans une position plus décontractée, est accoudé au bar.

Arthur : Franchement, tu as gazé Tutur, tu as gazé. Pour une première fois, c'était pas si mal. C'était même très bien.

Tutur : Merci.

Arthur : Dans la posture, faut que tu sois un peu plus souple. Regarde-moi, là, comme ça. Ça fait plus naturel.

Tutur se relâche, mais un peu trop.

Arthur : Non Tutur ! Là, tu es tout avachi ! C'est trop ! Dans la mesure, Tutur, dans la mesure !

Tutur se recale, et essaie de mimer parfaitement Arthur.

Arthur : C'est mieux. C'est même bien. Faut juste prendre l'air un peu moins concentré.

Tutur sourit ; il a l'air un peu benêt.

Arthur : Moui… Va falloir qu'on bosse un peu les expressions. Regarde bien ma tête, Tutur, regarde ! Quand je souris.

Tutur l'imite du mieux qu'il peut.

Arthur : Quand je réfléchis… Quand je suis intéressé…

Tutur l'imite à chaque expression.

Arthur, *encourageant* : C'est pas mal, Tutur, c'est pas mal. Ce qu'il faut comprendre, c'est que l'attitude qui convient dépend du contexte. Avec Juliette, je suis familier. Mais jamais grossier. Avec sa mère, factuel. Au boulot, discret. Dans la rue, nonchalant. Au bistrot, ténébreux. Avec les copains, bon vivant. Bon ! Répétition ! Normalement, quand Juliette rentre, je suis toujours là, dans le canapé.

Il va s'y installer. Tutur l'observe attentivement.

Arthur : Je suis là, comme ça, absorbé par la télé.

Il montre la télé, comme si c'était le public.

Arthur : Quand elle arrive, il faut AB-SO-LU-MENT se détacher quelques instants de l'image qui défile devant toi, et qui t'absorbe.

Tutur, *inquiet* : Et si ça m'absorbe pas ?

Arthur : Bah… Tu fais comme si. Ça sera plus facile pour toi, si t'es pas vraiment absorbé. Parce que le risque, c'est plutôt de ne pas la calculer. Et là, c'est la cata. Ça fait tout foirer. Ça se termine en pouillage généralisé. Donc, je reprends. Elle rentre. Je tourne la tête vers elle, avec un petit regard complice. Et là, je dis « Salut Beauté », comme ça, sobrement. Attention, ça, je ne le dis que quand on est tous les deux. Ensuite, normalement, elle vient s'assoir à côté de moi sur le canapé, et je l'écoute raconter sa journée. Petite variante : si en fait, j'avais quelque chose à me faire pardonner, je me lève, comme ça, l'œil langoureux, et hop, avant qu'elle n'ait pu réagir, je lui fais un baise-main. Ça la désarçonne, et bye bye l'engueulade. Attention, à n'utiliser qu'avec parcimonie, pour les cas de force majeure, hein ? Et quand on est seul, Tutur, j'insiste, quand on est seul. Allez ! Entrainement ! Tutur, vient prendre ma place ; moi, je prends le rôle de Juliette.

Tutur s'exécute. Et s'installe sur le canapé.

Arthur se lève, et se déplace sur la gauche, vers la porte.

Juste avant de sortir :

Arthur : Tutur, je sors.

Tutur prend la pose.

Arthur : Dès que je rentre, tu imagines que je suis Juliette. Tu me réponds comme tu lui répondras à elle. C'est une mise en situation. C'est d'accord ?

Tutur : C'est d'accord.

Arthur sort.

Tutur souffle un coup, concentré. Se réinstalle.

Arthur, *depuis les coulisses* : Tu es prêt ?

Tutur : Oui.

Il fait semblant de regarder la télé.

Arthur, *entrant sur scène, dans le rôle de Juliette* : Salut Chéri !

Tutur, *se tournant immédiatement vers Arthur, jovial* : Salut Beauté.

Arthur s'approche, et comme si c'était Juliette, fait mine de poser son sac, d'enlever manteau et écharpe. Il vient s'assoir sur le canapé.

Arthur : Ça a été ta journée ?

Tutur : Oui, merci. Et la tienne, Beauté ?

Arthur : Non, Tutur ! Beauté, on ne le dit qu'une fois, à l'arrivée ! Sinon, c'est bizarre ! *Il reprend, imitant Juliette* : Journée de merde.

Il vient se blottir.

Tutur reste interdit.

Arthur : Là, Tutur, tu viens me serrer. Si Juliette dit que c'était une journée de merde, et qu'elle vient se blottir, là, tu la serres !

Tutur s'approche, tend le bras pour l'enlacer, mais semble mal à l'aise.

Arthur : Bon, faut que tu aies l'air content de serrer Juliette… Sinon, ça va partir en sucette. Si tu n'es pas assez attentif, elle va te le reprocher, et on va s'engueuler. Mets donc un peu de conviction quand tu me serres, là !

Tutur essaie de serrer, mécaniquement.

Arthur : … C'est pas ouf… Regarde, je vais te montrer. Viens te blottir.

Tutur a l'air décontenancé.

Il s'approche, replie les jambes, et vient se blottir.

Arthur le serre.

Arthur, *rassurant* : Comme ça, mon Tutur, comme ça. Et là, tu lui demandes : tu veux me raconter, ma bichounette ? *En aparté* : Moui, je vais te donner une liste de petits noms que tu peux utiliser… Attention, juste avec Juliette, hein ! Et quand on est tous les deux, seulement ! Et après, tu écoutes. Pas besoin de commenter. On ne rajoute pas son grain de sel. On écoute, l'air intéressé. Allez, on se la refait !

Il ressort.

Tutur se réinstalle sur le canapé. Reprend l'air absorbé par la télé.

Arthur rentre.

Tutur : Salut Beauté.

Arthur : Oh là là, Arthur, tu ne connais pas la nouvelle ?

Il s'assoit sur le canapé.

Arthur, *interrompant finalement le mouvement de Tutur* :
Oui, alors, si elle est partie à raconter un truc important de
la journée, elle est pas en mode « je me blottis ». Donc là
aussi, il faut seulement se contenter d'écouter.

Tutur hoche la tête, compréhensif.

Arthur se redresse, inquiet.

Arthur : Ça va aller, Tutur ?

Tutur réfléchit. Puis hoche la tête.

Arthur : On va s'entraîner encore un peu.

Il ressort.

Les lumières s'éteignent.

SCENE 4

Juliette, Tutur, Arthur.

Tutur est sur le canapé. Semble absorbé par la télé. Arthur est caché derrière le bar ; on ne le voit pas.

Juliette entre.

Juliette : Salut Chéri !

Tutur, *avec application* : Salut Beauté.

Juliette : Et bah dis donc, toi, tu réagis au quart de tour, aujourd'hui !

Tutur la regarde, l'air subjugué.

Tutur : C'était bien ta journée ?

Juliette rigole.

Juliette : Tu en fais une drôle de tête ! Mais, oui, ça a été. Et toi ?

Tutur hoche la tête.

Juliette vient s'installer sur le canapé.

Tutur hésite. Puis vient la serrer.

Elle se blottit. Ils regardent ensemble la télé.

Juliette : Ce qu'il y en a des conneries à la télé ! Tu me sers un verre ?

Tutur, *tout content, semblant retrouver son texte* : Mais oui, avec plaisir.

Il se lève. Se ravise. Lui fait un baise-main.

Tutur : J'ai un truc à t'annoncer.

Juliette, surprise, attend la suite.

Tutur se dirige vers le bar.

Puis, au moment de prendre le verre :

Tutur *:* Juliette, je dois te présenter quelqu'un.

Arthur bondit de derrière le bar.

Arthur : Surprise !!!

Juliette hurle. Elle se met debout sur le canapé.

Elle regarde tour à tour Tutur et Arthur.

Juliette : C'est quoi ce bordel ?

Arthur, *souriant* : Chérie, je te présente Tutur.

Juliette, *toujours debout sur le canapé* : C'est quoi ce bordel ?

Arthur vient la prendre dans les bras, mais comme elle est debout sur le canapé, la porte par les jambes, tandis que Juliette reste bien droite.

Juliette : Qu'est-ce qui se passe, Arthur ? C'est quoi ce cirque ? Tu m'avais caché que tu avais un frère jumeau ?

Tutur a l'air paniqué.

Arthur, *Juliette toujours dans les bras* : Tout va bien, Tutur. Apporte-nous les coupes de champagne.

Tutur apporte un petit plateau avec trois coupes.

Tutur fait un baise-main à Juliette, toujours dans les bras d'Arthur.

Puis lui tend une coupe, en donne une autre à Arthur qui est embarrassé pour la tenir, puisqu'il tient toujours Juliette par les jambes.

Tutur prend la dernière coupe pour lui-même, et va s'assoir sur le petit fauteuil.

Arthur, *levant son verre* : Au troisième millénaire !

Juliette, *en levant son verre* : Quoi ?

Tutur, *levant aussi son verre, hésitant* : Au troisième millénaire.

Juliette *soupire, puis se décide, l'air septique* : Au troisième millénaire… Mais va quand même falloir m'expliquer !

Arthur : Mais bien sûr, Chérie, j'y viens. Assieds-toi.

Juliette : Ben faudrait que tu me poses.

Arthur : Voilà.

Juliette : Et donc ?

Arthur : Assieds-toi.

Elle s'assied, l'air blasée.

Tutur s'approche furtivement, hésite, puis lui fait un baise-main.

Arthur, *agacé* : Tu l'as déjà fait, ça, Tutur, tu l'as déjà fait !

Tutur : Ah…

Juliette, *excédée* : J'attends !

Tutur : Bonjour Beauté, moi, c'est Arthur.

Arthur : Oui, alors, Tutur, tu es Arthur quand je ne suis pas là. En ma présence, c'est Tutur, sinon, on s'embrouille.

Tutur, *conciliant* : D'accord… Bonjour Beauté, moi, c'est Tutur.

Juliette : C'est quoi ce délire ?

Arthur : Attends ma Juju, ne t'énerves pas ! Effectivement, je te présente Tutur.

Juliette : …

Arthur, *prudemment* : C'est… Mon clone…

Juliette : Ton clone ?

Arthur : Oui. Mon clone. Là pour m'assister, me seconder au quotidien.

Tutur fait une révérence.

Tutur : Arthur, quand je suis seul, et Tutur quand je suis avec Arthur.

Arthur lui fait un petit clin d'œil approbateur.

Juliette : Euh… Je suis pas sûre de comprendre…

Arthur : Tutur est là pour m'aider.

Juliette : …

Arthur : Pour me seconder, quand je suis limité.

Juliette : …

Arthur : Pour me remplacer, dans les tâches pénibles à exécuter… Quand il sera suffisamment formé, cela va de soi !

Juliette : Les tâches pénibles ?

Arthur : Oui, les tâches reloues, si tu préfères. Celles que je n'ai pas envie de faire.

Juliette : Ton esclave ?

Arthur, *qui prend la mouche* : Mais pas du tout, mon trésor ! Pas du tout ! Les tâches reloues pour moi, ce ne sont pas forcément des tâches reloues pour lui ! Et je t'assure que je le bichonne, mon Tutur. Franchement, tu as déjà vu un esclave aussi bien traité ?

Juliette, *peu convaincue* : Moui… La différence est ténue… Tu peux me donner des exemples de trucs « relous » ?

Arthur : Eh bien… Je ne sais pas, moi… Aller faire les courses, par exemple…

Juliette*, levant les yeux au ciel* : Tu te fais livrer !

Arthur : Être serviable avec la voisine, quand elle demande d'aller chercher son courrier, ou de sortir son clébard.

Juliette*, indignée* : Parce que ça te coûte ?

Arthur : Mais non, ma Juju, ma crème aux œufs, mon île flottante, tout de suite, tu montes sur tes grands chevaux… C'est pas aussi simpliste… Mais c'est vrai que, parfois, on est pris par le temps, on ne peut pas tout faire… Et rendre service, même pour le plus prévenant de tous les hommes, peut alors devenir une contrainte… Encore une fois, on ne peut pas toujours tout faire, dans la vie.

Juliette : Donc, rendre service à la voisine, tu trouves ça superflu ?

Arthur : Mais non, enfin, tu caricatures ! Tout dépend du contexte !

Juliette : C'est-à-dire ?

Arthur : Quand je suis en forme, reposé, ça ne me dérange pas.

Arthur : Mais oui, tout dépend du contexte ! Quand je suis épuisé, que je rentre du boulot, oui, ça me coûte plus, c'est vrai, on ne va pas se mentir ! Si j'avais voulu sortir souvent un clébard, j'en aurai un moi-même…

Juliette lève les yeux au ciel.

Arthur : Mais enfin, mon poussin, regarde, je le ferai quand je serai frais et disposé. Alors, ça me rendra joyeux de rendre service.

Juliette : …

Arthur : Regarde ! Je ne ferai plus les choses par obligation, seulement quand ça me rendra heureux ! Et alors ? Je ne serai plus jamais aigri. Constamment souriant. Ça, ça compte de faire les choses avec le sourire !

Juliette : Ah, super ! Si grâce à ça, tu ne fais plus jamais la gueule !

Arthur : Mais oui, parfaitement, Juju ! Juste mon sourire. Tu ne me verras plus jamais bougonner.

Juliette, *cynique* : Je risque de ne plus te reconnaitre. *Pensive :* C'est sûr que ce serait un progrès.

Arthur, *encouragé.* Mais oui, imagine quand je vais chez ta mère, par exemple.

Juliette, *outrée* : Ah parce que ça concerne aussi l'éviction aux repas de famille ?

Arthur : Bien sûr !

Juliette lui lance un regard noir.

Arthur : Mais enfin, mon lapin ! Tu me reproches à chaque fois de te les gâcher, ces moments-là. Je râle avant, je râle après.

Juliette : Et pendant, l'effort est trop grand ?

Arthur : Eh bien, disons que pendant, je ne suis pas à mon aise.

Juliette *souffle* : Non mais, je rêve !

Arthur : Ne t'emballe pas, mon petit suricate. Essaie de voir les choses avec un peu d'ouverture d'esprit.

Juliette : C'est pas évident !

Arthur : Mais tu es formidable, mon scoubidou, tu vas y arriver. Regarde. Tu vas voir ta mère ; Tutur fera le gendre parfait. Moi, j'ai moins de pression avant, je suis soulagé pendant. Et aux petits soins à ton retour. C'est tout bénef pour tout le monde !

Juliette : Je suis pas convaincue.

Arthur : Regarde comme Tutur peut être serviable. Va nous chercher l'apéro Tutur.

Tutur s'exécute, avec des manières de majordome.

Arthur : Merci Tutur. Les cacahouètes sont délicieuses.

Juliette : Merci Tutur.

Tutur a l'air ravi.

Juliette se radoucit.

Juliette : Avoue, ça fait quand même un choc de te voir en double dans la pièce…

Arthur : Ma choupinette, tu aimes mon image, non ?

Juliette : Ben oui.

Arthur, *espiègle* : Eh bien j'ai pensé que de me voir deux fois, ça serait réconfortant pour toi.

Juliette, *qui se détend* : T'es con !

Arthur la serre dans ses bras.

Tutur s'approche et fait un baise-main à Juliette.

Elle rit.

Arthur, *à Tutur* : Honnêtement Tutur, le coup du baise-main, une fois par jour, c'est suffisant !

Juliette : Franchement, c'est pas sérieux, Arthur ! Ma mère, elle va découvrir tout de suite la supercherie !

Arthur : Mais ma Juju, mon petit loukoum rose poudré, on va l'entraîner notre Tutur !

Juliette soupire.

Arthur, *suppliant* : Juju, mon p'tit kiwi, c'est sûr, l'entrainement, il peut pas se faire sans toi !

Juliette : Et si Tutur fait un faux pas ?

Arthur : On avoue tout, et on le rendra.

Tutur prend un air stressé.

Arthur : T'inquiète Tutur, aucun risque, t'es le meilleur. Je dis ça seulement pour rassurer Juju.

Juliette : Tu lui fous la pression, Arthur. Tu peux pas lui dire comme ça impunément qu'on le rendra s'il se trompe. C'est trop stressant pour lui. *L'air résignée* : T'inquiète Tutur, quoiqu'il arrive, on te gardera.

Arthur, *levant son verre* : À notre coopération ! Et, au risque de me répéter : au troisième millénaire !

SCENE 5

*Juliette, Tutur, la mère de Juliette Nadine, Arthur en
arrière-plan.*

Chez Nadine. Une table au centre.

*En filigrane derrière un drap, on devine la silhouette
d'Arthur sur son canapé, puis qui fera des allers-retours
dans son appartement.*

*La mère de Juliette, Nadine, est en train de mettre la
table.*

*Sur le côté, avant de sonner à la porte d'entrée, on voit
Juliette et Tutur qui révisent.*

Juliette, *à Tutur* : On est bien d'accord Tutur, poli, mais
pas obséquieux. Tu peux l'appeler par son prénom, mais
tu la vouvoies. Tu te souviens du code ? S'il faut en faire
plus, je lève mon pouce discrètement. Si tu en fais trop, je
mets ma main comme ça devant ma bouche.

Tutur hoche la tête.

Ils sonnent.

Nadine va ouvrir.

Nadine, *à Juliette* : Bonjour ma puce.

Juliette l'embrasse.

Juliette : Salut Maman.

Nadine : Bonjour Arthur.

Tutur : Bonjour Nadine.

Il lui tend un bouquet de fleurs.

Nadine : Merci ! Oh, vraiment, il ne fallait pas !

Elle pose les fleurs dans le vase déjà prêt au centre de la table.

Nadine : Enlevez donc vos manteaux ! Il fait vraiment un froid de canard dehors… Installez-vous directement à table ; le repas est déjà prêt. La route a été bonne ?

Juliette, *laconique* : Un peu de circulation.

Elle guide Tutur jusqu'à sa place.

Nadine : Je vous ai fait ma brandade de morue.

Tutur, *sérieux* : Merci, elle est tellement délicieuse.

Nadine, *dubitative, à Tutur* : Eh bien Arthur, c'est bien la première fois que vous êtes si enthousiaste ! Vous devez avoir quelque chose à vous faire pardonner pour me le dire avec autant de conviction !

Juliette lui fait un petit clin d'œil amusé, l'air de lui dire que tout va bien.

Nadine, *à Tutur* : Ça me paraît louche, Arthur. Vous n'auriez pas quelque chose à me demander, par hasard ?

Juliette, *qui reprend la main* : Mais enfin, Maman, tu ne vas quand même pas lui reprocher de te faire un compliment ?

Nadine, *suspicieuse* : Oui, c'est vrai ma chérie… Mais tu sais, la vie m'a appris qu'il n'y a jamais de gentillesse gratuite dans ce bas monde. *Plus douce* : Alors, comment ça va mes tourtereaux ?

Juliette : Comme d'hab, R.A.S.

Nadine : Rien à m'annoncer ?

Juliette : Rien de rien. On nage en pleine routine.

Nadine, *déçue* : … Ah… C'est pas comme chez les voisins du dessus… Le petit Timéo a eu sa première dent. Les pauvres, ils n'ont pas dormi pendant trois nuits. *À Juliette* : Je te sers un verre ?

Juliette : Oui, merci.

Nadine : Avec de l'alcool ?

Juliette tend son verre.

Nadine le remplit de vin, à contrecœur.

Nadine : C'est pas encore aujourd'hui qu'on va m'annoncer que je vais être grand-mère.

Juliette : Tu vas pas commencer, Maman.

Nadine, *à Tutur* : Mais qu'est-ce que vous foutez, mon brave ! Il suffit pas de me dire que vous aimez ma brandade de morue pour être tranquille pendant le repas ! Faut un peu plus de résultats ! Faut engrosser ma fille !

Tutur, *stoïque* : Je m'y attelle, Nadine, je vous assure que j'y mets tout mon cœur.

Juliette recrache son verre, hilare.

Nadine, *vivement intéressée* : Ah, voilà enfin une réponse intéressante. Aujourd'hui Arthur, ça fait deux fois que vous me surprenez ! Vraiment, vous vous surpassez. Vous allez bientôt repartir avec le trophée du gendre idéal !

Juliette : Maman, on t'a déjà dit que tant que notre boulot n'est pas stable, on n'en aura pas.

Nadine : Moui, moui. Tu crois que les parents du petit Timéo, ils ont un boulot stable ? Y en a qui n'attendent pas d'avoir une prétendue stabilité. Qu'est ce qui est stable, de nos jours dans le monde du travail, hein ?

Juliette, *agacée* : Écoute Maman, c'est indécent, ça ne te regarde pas.

Nadine : Bien sûr que ça me regarde ! Faut que je le sache suffisamment à l'avance, pour pouvoir informer mes copines de bridge que je vais leur poser un lapin pour garder le petit !

Juliette lève les yeux au ciel.

Nadine : Je compte sur vous Arthur !

Tutur : Avec plaisir, Nadine.

Juliette glousse en secouant la tête.

Nadine lui jette un regard noir.

Nadine, *rancunière* : Ton jules est plus affable que toi ce soir ! Je sens qu'il me comprend, pour une fois.

Tutur, *s'inclinant* : À l'évidence.

Juliette pouffe discrètement, et lui fait signe qu'il en fait un peu trop.

Nadine*, à Juliette* : Tu vois, lui au moins, il aura droit de reprendre de la brandade !

Tutur réfléchit. Puis ajoute :

Tutur : C'est vrai, Nadine, je comprends votre point de vue. Quand on commence à avoir des cheveux blancs, on redoute de se retrouver au cimetière avant d'avoir pu voir la tête de ses petits-enfants.

Juliette rigole discrètement mais fait signe que la réponse n'est pas idéale.

Nadine jette un regard noir à Tutur.

Nadine : Allons bon, vous voilà désormais fort désobligeant ! Vous allez bientôt me dire que je suis vieille !

Tutur regarde Juliette, affolé.

Elle lui fait signe de se taire.

Nadine, *se détendant* : Allons bon, Arthur, je ne vais pas vous accabler, vous venez de m'avouer que vous y travaillez ardemment. Pour aujourd'hui, vous êtes donc tout pardonné, car j'en conclus que nous sommes dans le même camp.

Tutur sourit, et s'incline.

Nadine : Allez, hop, la brandade ! Bon, puisque vous n'avez rien de passionnant à raconter, laissez-moi vous conter les potins du quartier !

Tutur prend l'air captivé.

Au fur et à mesure que Nadine parle, la lumière décroit.

Nadine, *d'abord d'une voix forte, puis qui s'estompe peu à peu* : Madame Pichemolle a refait sa toiture, mais comme ce n'était ni fait ni à faire, au premier coup de vent, des tuiles ont été arrachées. Elles sont tombées sur le pare-brise de Monsieur Riboti, qui s'est fait un plaisir de râler et qui faisait des histoires pour faire marcher son assurance…

La lumière s'éteint.

SCENE 6

Arthur, Tutur, Juliette.

Dans leur salon.

Juliette, *souriante* : C'est l'heure du débriefing ?

Arthur, *enthousiaste* : Carrément ! *Impatient* : Alors ?

Tutur : J'ai bien aimé la brandade.

Arthur, *s'esclaffant* : Alors là, bravo mon Tutur ! Pour de vrai ?

Tutur, *répétant, mécaniquement* : J'ai bien aimé la brandade.

Arthur : Pfouloulou ! Tu me rends un sacré service mon pote ! Tu peux pas imaginer ! *Se tournant vers Juliette* : À part la brandade, il a fait mouche ?

Juliette, *rêveuse* : Épatant. Il a été épatant. Je pense que les copines de ma mère vont avoir les oreilles rebattues de sa performance.

Juliette va chercher les verres. Tout en servant :

Juliette : Y a bien eu quelques moments où on a été sur le fil. Mais le rattrapage n'en a été que plus jouissif ! Sincèrement, je pense qu'elle t'a trouvé particulièrement jovial.

Elle glousse.

Juliette : En tous cas, c'était une expérience…

Elle lève son verre.

Juliette : Au troisième millénaire !

Tutur : Au troisième millénaire !

Arthur : À la brandade !

Juliette regarde sa montre.

Juliette : Ouh là, là, j'avais pas vu l'heure ! J'ai aquagym ! Je file !

Elle embrasse Arthur, puis Tutur, et sort précipitamment.

Tutur sirote son verre tranquillement, Arthur s'étire un instant, et savoure le moment.

Après un laps de temps :

Arthur : On va pouvoir passer à l'étape suivante.

Tutur, *interrogatif et attentif* : …

Arthur, *mystérieux* : Le point d'orgue…

Tutur attend.

Arthur, *jubilant* : Tu vas me remplacer… Au bureau !!!

Tutur hoche la tête, puis recommence à siroter son verre.

Arthur : Va falloir que je te forme quand même encore un peu… Briefing intensif ! *Joyeux* : Ou comment transmettre ses compétences en quelques heures… Mais avant ça, Tutur, je vais te briefer sur mes réactions face à un match de foot.

Il s'enfonce dans le canapé, met les pieds sur la table basse, et prend la télécommande.

Tutur l'observe et s'installe à l'identique.

Arthur, *tendant la télécommande vers la supposée télévision (comme si elle était située dans le public)* : C'est parti !

La lumière s'éteint.

SCENE 7

Tutur, Arthur, la secrétaire, le directeur.

Au bureau.

Le décor a changé. Au milieu, une porte.

Un bureau de chaque côté.
Sur la gauche, le bureau du patron. Il travaille.
Sur la droite, Tutur est installé au bureau, et travaille sur son ordinateur, appliqué.

On ne voit plus la différence d'attitude avec Arthur.

Dans le fond, sur une toile, une projection d'Arthur.
D'abord dans son salon, avec un casque et un micro.

Arthur, *avec son casque :* Ça va mon Tutur ? Ça gaze ?

Tutur, *concentré :* Je fais ce que je peux.

Arthur : Envoie-moi ton document de travail, que je le relise.

Tutur, *s'étant exécuté* : Voilà.

Arthur lit le document.

Arthur : Whaou, putain, Tutur, c'est génial ! Bien mieux que ce que j'aurai moi-même pu faire ! *S'esclaffant* : À ce rythme-là, je vais vite toucher une prime ! Écoute, je reste dispo si besoin. Tu n'oublies pas de planquer l'oreillette si tu croises un collègue. Qu'ils ne croient pas que je divulgue des secrets à la concurrence.

Tutur continue à travailler.

Arthur se déplace dans son appartement, fait une sieste. Petit à petit, se détache du casque. Fait du sport. Puis reprend le casque.

Arthur : Tutur ? Tout baigne ?

Tutur, *sérieux :* Tout baigne.

Tutur continue à travailler. Avec des jeux de lumières, on comprend que les jours défilent.

On voit derrière Arthur qui s'étire, tout content. Puis il part faire du kitesurf au loin.

On voit ensuite sur l'écran défiler des films d'Arthur, solitaire, qui voyage dans le monde et fait du sport dans des endroits magnifiques.

Soudain, la secrétaire vient chercher Tutur ; l'image d'Arthur s'estompe et disparaît.

La secrétaire : Arthur, Monsieur Delaporte aimerait vous voir.

Tutur, inquiet, s'incline.

La secrétaire : Veuillez me suivre. *Elle lui glisse* : Ces temps-ci, Arthur, vous êtes beaucoup moins drôle. Mais nettement plus efficace !

Elle introduit Tutur auprès de Monsieur Delaporte, le directeur.

La secrétaire : Monsieur Delaporte, voici Monsieur Arthur Lampion.

Monsieur Delaporte : Ah ! Monsieur Lampion ! Permettez-moi de vous appeler Arthur !

Tutur s'incline.

Monsieur Delaporte : Asseyez-vous Arthur ! Je dois vous avouer que vos résultats m'étonnent. Vous êtes… Comment dire… Bien plus impliqué que par le passé…

Tutur se tait.

Monsieur Delaporte : Vous sembliez auparavant tellement passif… Vous faisiez les choses globalement correctement. C'est bien pour ça que nous vous avions tout de même gardé. Mais on ne peut pas dire que vous étiez particulièrement passionné…

Tutur hoche la tête.

Monsieur Delaporte : Alors que là… Vos résultats sont… plus qu'encourageants. Je n'irai pas jusqu'à dire qu'ils sont exceptionnels, sans quoi vous risqueriez de prendre la grosse tête, mais enfin, permettez-moi tout de même de vous féliciter personnellement.

Monsieur Delaporte : Et puis, on vous a connu plus impulsif. Parfois même un peu gouailleur. Vous avez gagné en maturité, Arthur. Sincèrement, toutes mes félicitations.

Tutur, *timidement* : Merci Monsieur le Directeur.

Monsieur Delaporte : Je vois que vous n'êtes pas prêt à me révéler le secret du changement de votre vie, mais, peu importe vos méthodes. Ce qui compte pour moi, ce sont vos résultats.

Il lui remet une petite broche.

Monsieur Delaporte : Vous êtes la fierté de notre entreprise. Je vous décore de notre broche d'honneur, réservée aux meilleurs.

Tutur s'incline, flatté.

Monsieur Delaporte, *le raccompagnant* : Avec tous mes remerciements personnels. Continuez comme ça, Arthur, continuez comme ça. Vous finirez par faire de grandes choses !

SCENE 8

Juliette, Tutur.

Dans leur appartement.

Dans les faits, on ne sait plus si c'est Arthur ou Tutur.

Ils sont tous les deux assis dans le canapé.

Tutur serre Juliette ; ils rient et ont l'air complices.

Juliette, *hilare* : Et là, la nana qui se la pétait avec son maillot doré, elle glisse, alors qu'elle se dandinait sur le bord de la piscine.

Tutur rit ; il a l'air passionné.

Juliette : Elle fait un gros sploutch, en tombant dans l'eau. Ça fait une belle gerbe d'eau. Avec un beau remous, qui vient éclabousser la vieille mégère, tu sais, celle qui a les cheveux aussi violets que son maillot violet, celui qui est censé donner un profil gainé, mais on voit quand même clairement ses bourrelets ! Alors, elle va voir le prof d'aquagym, plus vénère, tu peux pas. Elle veut l'obliger à interrompre sa séance. Elle pointe du doigt la connasse au maillot doré, qui tente de s'éclipser discrètement tellement elle a honte de son plongeon ridicule. Celle avec le maillot violacé prend à partie le prof d'aquagym, celui qui est tout musclé. Et tu sais ce qu'il dit, le beau prof musclé ? Pour les dédommager toutes les deux, il leur offre un cours d'aquabike gratos, à utiliser tout de suite. Comme les deux harpies ne veulent pas perdre la face, elles acceptent, et s'installent côte à côte. Toutes les deux trépignent en pédalant, l'une avec son maillot violet et ses bourrelets, l'autre avec son maillot de soirée. Elles pédalent fixement, l'air fier, mais moi, j'ai passé la séance à glousser, parce que je suis sûre qu'au fond d'elles-mêmes, elles avaient tellement le sum !

Ils rient tous les deux.

Tutur continue à serrer Juliette, et finit par l'embrasser sur les cheveux.

Juliette s'arrête, subitement sérieuse.

Juliette : Arthur, faut qu'on parle.

Tutur l'écoute, attentivement.

Juliette : Arthur, on a toujours dit qu'on ne voulait pas d'enfant. Mais je crois que je suis en train de changer d'avis…

Tutur ne dit rien.

Juliette : T'en voudrais pas un, toi aussi, finalement ?

Tutur l'embrasse.

SCENE 9

Arthur, Tutur.

Dans le salon.

Tutur dans le canapé. Arthur, au bar.

Ils se ressemblent vraiment. Rien ne les distingue. C'est seulement grâce au discours qu'on devine qui est qui.

Arthur : Alors, et ce briefing hebdomadaire ?

Tutur : Au boulot, R.A.S. Je gaze. Enfin *(clin d'œil)*, tu gazes. Bientôt l'augmentation. Tant les résultats sont prometteurs.

Arthur : Tu m'épates, Tutur, tu m'épates !

Il se ressert au bar, et sert également un verre pour Tutur, qu'il lui tend.

Tutur le prend sobrement.

Arthur : Quoi d'autre ?

Tutur : Tu as sauvé le chat de Madame Micheline, qui était coincé dans la gouttière. *Nouveau clin d'œil.* Bravo ! Pour te remercier, Madame Micheline t'a donné un pot de confiture à la framboise, fait maison, avec les framboises de sa maison de campagne.

Arthur, *s'esclaffant* : Ah, je l'ai bien mérité, ce pot de confiture ! C'est vrai que je n'ai jamais été aussi serviable !

Tutur : Sinon, Franck est passé. On a été boire un verre. Je l'ai laissé gagner au billard.

Arthur : Oh non, Tutur ! C'est pas cool, ça ! Il va se la péter pendant des mois ! Je vais me faire chambrer tout ce temps là…

Tutur boit tranquillement son verre.

Arthur : Et Johan ?

Tutur : Il ne vient plus. Je crois qu'il fait toujours la gueule…

Arthur : Quel connard quand il s'y met, celui-là. Une crème, la plupart du temps. Mais avec ses principes, il est vraiment emmerdant.

Silence.

Tutur : Sinon, Juliette…

Arthur : Oui ?

Tutur : Elle a dit qu'elle voulait un enfant.

Arthur recrache son verre.

Arthur : Comment ça ?

Tutur : Elle a dit qu'elle voulait un enfant.

Arthur : Non mais là, Tutur, ça craint. Tu joues trop bien ton rôle ! Ce n'est pas avec toi qu'elle doit avoir ce genre de discussion ! Ou alors, elle ne sait même plus quand c'est toi, ou quand c'est moi ? *Perplexe, puis inquiet* : Tu lui as répondu quoi, au juste ?

Tutur : J'étais un peu pris de court…

Arthur : Tu as dit « non » ?

Tutur : Je n'ai pas fait de réponse formelle.

Arthur, *s'énervant* : Mais t'es con ou quoi ? « Qui ne dit mot consent » ! Si tu n'as rien dit, elle a dû prendre ça pour un oui ! *Il se prend la tête dans les mains* : La cata !… La cata !…

Tutur : Ben, ça te permet de répondre ce que tu veux à distance. Quand vous en reparlerez…

Arthur : Wooh… La cata !... La cata ! …

Tutur, *s'énervant à son tour* : Mais, t'as qu'à être là, toi, si mes réponses ne te conviennent pas ! Et puis, *(tendrement)* elle est touchante, Juliette, quand elle demande ça… *Amoureusement* : J'aurai pas le cœur à lui dire non…

Arthur, *méfiant* : Attends, attends Tutur ! Tu n'as rien dit ? … Ou tu lui as laissé entendre un « oui » ?

Tutur, *agacé* : J'ai pas répondu, j'te dis ! Mais franchement, elle a le droit d'avoir son môme, non ?

Arthur : Oui, ben ça, ça dépend pas de toi !

Silence.

Arthur, *tout à coup suspicieux* : Attends, Tutur, tu ne peux pas te reproduire, toi, hein ?

Tutur ne dit rien.

Arthur, *paniquant* : Tutur ? Tu es un clone, toi ! Un robot ! Tu ne peux pas avoir de spermatozoïdes, pas vrai ? Tutur ?

Tutur ne dit rien, l'air lassé.

Arthur : Tutur ! Tu dois répondre à cette question, Tutur !

Tutur, *cynique* : Mais qu'est-ce que j'en sais, moi, Arthur ? C'est toi qui m'as acheté ! C'est toi qui dois avoir lu ça dans la notice !

Arthur, effrayé, se met à faire les cent pas.

Arthur : Ah putain ! La cata ! … La cata ! …

Arthur s'arrête et s'illumine.

Arthur : De toute façon, je ne t'ai pas montré comment faire.

Tutur, renfrogné, va s'assoir au bar. Il ne répond pas.

Arthur : Tu ne sais pas comment faire, hein, Tutur ?

Tutur ne répond rien, et se sert un autre verre.

Arthur : Tutur, réponds-moi !

Tutur reste mutique.

Arthur, *suppliant, mais en colère :* Tutur ? Tu n'as quand même pas sauté MA meuf ?

Tutur hausse les épaules.

Arthur : Je ne t'ai pas montré comment JE fais ! Tu ne serais pas crédible, Tutur ! *Hurlant :* Je ne t'ai pas montré comment JE fais ! Et ça marche, pour toi Tutur ? Tu pourrais sauter MA meuf ?

Tutur, *blasé, au bar :* Cette conversation est déplacée.

Arthur : Casse-toi, Tutur ! Va dans ta chambre, j'ai besoin d'être seul !

Tutur sort.

Arthur reste seul.

Il s'effondre sur le canapé.

Arthur : Tutur veut me piquer MA meuf ! Tutur veut me piquer MA Juju ! Tutur veut me piquer mon flamand rose, mon rayon de soleil, ma raison de vivre !

Il va remplir de nouveau son verre.

Et l'avale cul-sec.

Arthur : Monsieur Tutur se permet de se taper MA Juju ! Peut-être que non... Il n'a pas répondu, ce connard de Tutur ! Ah ! Il est affable ! Ah ! Il est top le Tutur ! Tout le monde l'adore ! Il fait des manières avec MA belle-mère ! Il fait de l'excès de zèle au taff ! Il sauve les chats des gouttières, et gagne des pots de confiture… Et il veut un môme ! MON môme ! On aura tout vu ! On aura tout entendu !

Il halète.

Arthur : Il faut qu'il disparaisse ! Ah, il cachait bien son jeu, ce connard ! Il joue au gendre parfait, et finit par draguer ma femme ! Non, mais ! C'est pas permis ! Il faut qu'il disparaisse !

Se tient la tête dans les mains. Fait une pause, réfléchit.

Arthur : Et en même temps, s'il disparaît… Je retourne au boulot… À cette vie routinière de merde ! Fini les voyages, incognito, à l'autre bout du monde.! Mais tout le monde s'en tape de mes voyages ! Je ne peux les raconter à personne, puisque je suis censé être au boulot ! À la maison ! Chez la belle-mère ! Sur la gouttière ! Sur tous les fronts ! Mais rien, RIEN pour moi ! Et là, si je disparaissais, à l'autre bout du monde ? Qui s'en rendrait compte ? Qui s'en soucierait ? Même Juju, la prunelle de mes yeux, mon okapi, mon cannelé, même elle, elle ne sait plus faire la différence ! Que je sois là ou pas, le monde continue !

Il se lève.

Arthur : Qu'est-ce que je dois faire, putain ?

Il déambule.

Arthur : Si je m'en débarrasse, au boulot, on va me dire que je redeviens médiocre ! À la maison, Juliette va me dire que je fais la gueule ! Et pas un qui me demande comment JE vais ? Ce que ça me fait que quelqu'un d'autre prenne MA place ?

Il renifle.

Arthur : Je suis tout seul. Pris au piège… Il faut que je le tue… C'est lui, ou moi… Non, je ne peux pas m'en séparer… Je ne peux plus m'en séparer…

Il se ressert.

Il est désormais complètement bourré.

Arthur : Lui… Ou moi… Un môme ?... Ma meuf ?... Ou lui… Ou moi…

Il s'effondre sur le canapé.

SCENE 10

Tutur et Arthur.

Dehors, à la campagne, dans une clairière.

Décor avec un bois au fond.

Tutur et Arthur sont assis sur un drap de pique-nique.

Arthur : Merci d'avoir posé ta journée de congé.

Tutur : Avec plaisir.

Arthur : C'est bien qu'on passe un peu de temps tous les deux.

Tutur : Oui.

Silence.

On entend les oiseaux, et le bruit du vent dans les arbres.

Arthur : Tutur, je voulais m'excuser pour l'autre soir.

Tutur : …

Arthur : C'était pas correct, ce que j'ai dit. Mais j'étais sous le choc… Tu comprends ?

Tutur hoche la tête.

Silence.

Arthur : Ça ne peut pas continuer comme ça, Tutur.

Tutur hoche la tête.

Silence.

Bruit des oiseaux.

Arthur : Le jour où tu seras mort, tu voudrais quoi, Tutur ?

Tutur : C'est-à-dire ?

Arthur : Ben… Comme lieu de sépulture ?

Tutur réfléchit.

Tutur : Je crois que je voudrais un endroit exactement comme celui-ci.

Il montre ce qui les entoure.

Tutur : La Nature… Les petits oiseaux… Le calme… Ne plus être happé par l'effervescence de la technologie… Oui. Un endroit comme ici. Enseveli au pied d'un arbre comme celui-là, là-bas.

Arthur, *fasciné* : C'est ouf, ça Tutur, c'est ouf ! Moi aussi, c'est exactement ce que j'aimerai pour moi-même !

Il médite.

Arthur : Je me demande si c'est le souhait de tout être humain, et de tout clone, ou bien si c'est totalement fortuit, ou bien si à force de me connaître, tu as appris à avoir les mêmes goûts que moi ?...

Il reste pensif.

Arthur : Mais dis-moi, Tutur, est-ce que seulement, un clone, ça peut mourir ?

Tutur hausse les épaules.

Arthur, *cynique* : Ainsi donc, je ne sais pas si mon clone peut se reproduire, ni même s'il peut mourir…

Tutur a l'air songeur.

Arthur : Est-ce que toi, Tutur, en tant que clone, tu te poses la question de ta finitude ?

Tutur, *honnête* : Ce n'est pas tout à fait en ces termes que je me la formule…

Arthur écoute.

Tutur, *pensif :* La question est plutôt : vais-je me faire virer, puis désintégrer ? N'ai-je pas le droit à une existence propre ? Est-ce que j'ai mérité de me faire réinitialiser si je n'ai pas donné entière satisfaction à mon acheteur ?

Il regarde Arthur intensément.

Tutur : Ai-je le droit, en tant que clone, de formuler une opinion différente de celui dont je suis issu ?

Arthur soupire.

Arthur : Pff, la prise de tête !

Silence.

Arthur : Écoute, Tutur, ces séquences émotions, moi, ça me brise le cœur. J'ai besoin que tu disparaisses, sans quoi, c'est moi qui n'existe plus… Ça me brise le cœur de te le dire, car tu m'as rendu de fiers services.

Tutur garde le silence, stoïque.

Arthur : Je dois me rendre à l'évidence, Tutur, tu es comme moi, mais en mieux… Du moins, c'est ce que pensent les gens qui m'entourent…

Tutur caresse l'herbe à côté de lui, les yeux dans le vague.

Arthur : Alors, tu vois, je voudrais m'excuser. De t'avoir embarqué dans tout ça… Mais il faut que ça cesse. J'ai besoin… que tu disparaisses.

Tutur reste mutique.

Arthur : J'ai besoin que tu disparaisses, mais que tu ne puisses plus jamais revenir… Alors… *(Se met à pleurer)* … Alors, Tutur, j'ai dû imaginer une solution… Pour te dire au revoir… De façon définitive… J'ai commandé sur internet un poison.

Il sort une petite fiole.

Il essuie ses larmes.

Arthur : Tutur, j'ai besoin que tu boives ça…

Silence.

Arthur, *rigole, amer :* Je ne suis même pas sûr que ça puisse faire mourir un clone… Mais je trouve ça plus sincère d'essayer… Plutôt que d'aller te faire détruire dans ton entreprise d'origine… Là, si tu meures, je t'enterrerai, là-bas, au pied de cet arbre qui te plaît, là, comme il me plaît à moi aussi.

Tutur : Tu es sûr qu'il n'y a pas un autre moyen ? Pour qu'on continue… à exister… tous les deux…

Arthur secoue la tête.

Arthur : Non Tutur, il n'y a pas d'autre moyen…

Tutur, *doucement :* J'aimais bien notre duo, Arthur.

Arthur : Moi aussi, je l'aimais bien, Tutur… Mais ce n'est plus possible.

Tutur, tristement, va serrer Arthur dans ses bras.

Tutur : Nous aurions pourtant pu avoir notre bébé, Arthur, si tu avais voulu…

Arthur : Mais je n'ai pas voulu, Tutur, je n'ai pas voulu. Je suis désolé.

Tutur soupire.

Tutur : Je vais boire ta fiole de poison tout à l'heure. Mais avant, je veux bien m'étendre là, au soleil, dans cette clairière. Et écouter, le temps d'une dernière sieste, le chant des oiseaux…

Arthur, *essuyant ses larmes* : C'est d'accord, Tutur, c'est d'accord. Je vais rester là, auprès de toi, Tutur. Je te veillerai pendant ta dernière sieste.

Ils s'étendent tous les deux dans l'herbe, puis regardent les nuages, en se tenant par la main.

On entend le chant des oiseaux, et le bruit d'un vent léger.

Temps suspendu.

Chacun dans ses pensées. Tutur se met à ronfler.

D'un coup, Arthur se redresse. Tutur semble continuer à dormir.

Arthur, *pâle* : Comment pourrais-je enterrer mon clone ? Il me ressemble tellement… Quelle horreur ! Ce serait comme de se voir mort soi-même ! Je ne pourrais jamais enterrer ma propre image… Rien que d'y penser, j'en ai des frissons… Je ne peux pas… Je ne peux pas… Ça me hanterait ! Cette image de moi-même sans vie… De ce « moi », en mieux…

Il le contemple.

Arthur : Il n'a rien demandé, lui ! *Se prend la tête* : Je suis vraiment un connard ! Et si je le tue, tout le monde le regrettera, ce vénérable Arthur… Ils détesteront le Arthur que je deviendrai… Ils me feront payer la disparition de cet être plus parfait que moi… Je me déteste… Pourquoi

me suis-je lancé dans cette funeste aventure ? Je voulais
« profiter »… « Épater » … Quel connard !... Et me voilà
coincé !

Brusquement, il saisit la fiole, et la boit d'une traite.

Il regarde une dernière fois la clairière, admiratif. Et tombe raide mort.

Chant des oiseaux.

Silence.

Tutur se réveille.

Tutur contemple la nature autour de lui.

Tutur : Arthur… Ce n'est pas juste, mais je suis prêt.

Silence.

Tutur : Arthur ? Donne-moi la fiole maintenant, avant
que je ne change d'avis. Que je ne me barre en courant !
Ou que nous en venions aux mains. Ou que j'essaie de te
convaincre que je ne dois pas l'avaler… Donne-moi la
fiole, maintenant.

Il se tourne vers Arthur.

Tutur, *secouant Arthur* : Arthur ! Donne-la-moi
maintenant !

Silence.

Tutur : Tu dors Arthur ? *Le secoue de nouveau* : Arthur ?
Arthur ?

Il remarque la fiole vide.

Tutur : Putain, Arthur ! Tu dors, pas vrai ? *Le secoue encore* : Tu n'es pas mort ? Arthur ? Arthur, réponds-moi !

Il renifle.

Tutur : Tu ne m'as pas laissé tout seul, dis ? Arthur, ne joue pas au con avec moi !

Un oiseau s'approche.

Tutur, *à l'oiseau* : Dis-moi, l'oiseau, tu crois qu'il est mort ?

Silence.

Tutur, *catastrophé* : Mais quel connard ! Il me laisse là, comme ça, avec son cadavre dans la clairière !

Un écureuil passe.

Tutur, *à l'écureuil* : Hé ! L'écureuil ! Toi aussi, tu crois qu'il est mort ? *Pleurant* : Je l'aimais, moi, ce connard… *Souriant à l'oiseau* : Tu vois, c'est qu'il était un peu à mon image…

Silence.

Tutur : Non mais ce con, il me laisse là, sans consigne. Il veut que je meure… Et c'est lui qui claque… J'y comprends rien à ces humains débiles ! Putain ! Si on le trouve, on va m'accuser, et me dézinguer ! Et son sacrifice, à mon petit Arthur, car, oui, je crois bien qu'il s'est sacrifié, son sacrifice, à mon géniteur, ça n'aura servi à rien.

Il se reprend.

Tutur : Oui, je crois qu'il a fait le choix de me laisser vivre… Pour le remplacer, du mieux que je peux… Auprès de sa Juju… Auprès de sa mère… Auprès de ses potes… Auprès de son directeur Monsieur Delaporte…

Silence.

Tutur, *à Arthur* : Arthur, si tu m'entends, sache que je serai un Arthur parfait ! Tu n'auras pas à regretter ton sacrifice ! Ainsi, ta mémoire sera honorée. Arthur, je vais t'enterrer, près du bel arbre, là-bas, celui que toi aussi tu aimais bien. Tu l'aurais fait pour moi, Arthur, alors, moi, Tutur, je vais le faire pour toi.

Il creuse près de l'arbre, et enterre Arthur.

SCENE 11

Juliette, Tutur, Franck, Johan.

Soirée chez Arthur et Juliette.

Ils ont tous un peu vieilli. Sauf Tutur.

Ambiance détendue.

Ils sont tous à l'apéro.

Johan : Quand même, le monde se dégrade, les amis.

Franck : Et voilà le rabat-joie de retour !

Johan : Mais je t'emmerde mon pote.

Franck : Rhôô ! Toi, tu vas mal vieillir ! T'es pas encore tout blanc que t'es déjà aigri.

Tutur : Vous fâchez pas les gars, on vous aime tous comme vous êtes !

Juliette, *qui glousse* : C'est quand même vrai que vous avez mal vieilli, les gars.

Franck : Pardon, Madame, je n'oserai pas être trop désagréable… Mais vous aussi, vous vous ridez…

Elle lève son verre.

Juliette : À notre vieillesse.

Franck, *à Tutur* : Y a que toi, Arthur, qui ne bouge pas d'un poil. Pas un cheveu blanc ! Pas un petit bourrelet… Dis-moi, c'est quoi ton secret ?

Johan, *levant un œil* : C'est vrai que toi, Arthur, tu ne vieillis pas…

Tutur, *bonhomme* : C'est que je m'entretiens.

Franck, *s'esclaffant* : tu te teins les cheveux, mon gros ? Tu as des petits secrets de beauté bien gardés ?

Johan, *le scrutant, stupéfait* : Mais oui… Pas une ride…

Franck : Si Arthur ne veut pas nous cracher le morceau, peut-être que toi, Juliette, tu accepterais de nous révéler d'où il peut bien tirer son eau de Jouvence ?

Juliette, *qui rit* : Je ne suis pas dans le secret des Dieux !

Franck, *qui rigole* : Tu l'as bien choisie, Arthur, elle ne craque pas si facilement, ta Juliette…

Johan, *suspicieux* : Et ton clone, Arthur ? Tu nous avais fait trinquer à lui, il y a quelques années… Tu nous l'as jamais ressorti… Tu l'as rendu ?

Franck : Ah oui !

Ils s'interrompent en apercevant de la tête de Juliette, déconfite.

Franck : Pardon Juliette, on a fait une boulette ? Tu n'étais pas au courant ?

Il bredouille quelques sons et essaie de se rattraper.

Franck : Non mais, … Elle est nulle, Johan, ta blague de clone…

Tutur, *qui reprend la main, l'air conciliant* : Juliette, je suis désolé, je ne t'en ai pas parlé… Mais un jour, j'ai eu une drôle d'idée… (*Prend l'air d'avouer*) Je me suis fait livrer… Un clone… Tout beau… Tout neuf… Ils ont pas vraiment adhéré les copains… Alors je l'ai rendu. Ils m'ont remboursé. J'étais pas hyper fier… Alors pardon, mais j'en ai pas parlé.

Juliette, *soulagée* : Quelle drôle d'idée ! Oui, tu as bien fait de ne pas m'en parler !

Silence. Jeux de regards. Chacun se toise, pour évaluer la situation.

Franck semble soulagé d'avoir une porte de sortie. Johan reste suspicieux, l'œil inquisiteur.

Après un instant :

Franck : Bon, les tourtereaux, on va vous laisser vous raconter vos petits secrets. Nous, on se casse, hein, Johan ?

Johan, *hochant la tête* : Salut la compagnie !

SCENE 12

Juliette, Tutur, Franck, Johan.

La scène est divisée en deux.

D'un côté : un lit, avec Juliette et Tutur dedans.

De l'autre : un bistrot, où sont attablés Franck et Johan.

Juliette, *à Tutur* : C'est vrai que tu ne vieillis pas…

Johan, *à Franck* : Putain, Franck ! Ouvre les yeux, Arthur ne vieillit pas !

Juliette, *à Tutur* : Arthur, ça me flippe tout ça. Quand Johan l'a pointé, comme ça, de façon détachée, ça m'a fait un électrochoc.

Johan, *à Franck* : C'est sûr Franck ! Qu'on le veuille ou non, ce n'est plus Arthur qu'on fréquente actuellement, mais son clone Tutur… J'en suis sûr ! J'en mettrais ma main à couper !

Juliette, *à Tutur* : Ça fait un moment que je me dis qu'il y a un truc qui cloche. Comme ça, sans réussir à définir précisément quoi.

Franck, *à Johan, pensif* : Mais… Si c'est Tutur… Où est Arthur ?

Juliette, *à Tutur* : Là, quand Johan a eu cette phrase désastreuse, ça m'a glacé le sang ! … Ça m'est apparu comme une évidence ! Tutur ! Où est Arthur ?

Franck *réfléchit. À Johan* : Si je me souviens bien, il avait dit qu'il voulait faire « de la représentation »... Ou quelque chose dans le genre… Tu crois qu'il voulait se faire remplacer ?

Tutur, *à Juliette* : Juliette, va falloir que je t'explique…

Johan, *à Franck* : Moi, je crois qu'Arthur a disparu…

Tutur, *à Juliette, sincère* : Oui, Juliette, Arthur a disparu.

Franck, *à Johan* : Comment ça, disparu ?

Juliette, *à Tutur* : Comment ça, disparu ?

Johan, *à Franck, choisissant soigneusement ses mots* : Soit, il est parti de lui-même… Soit… Le clone l'a fait disparaître.

Juliette, *à Tutur* : Tu veux dire qu'il m'a laissée ?

Johan, *à Franck* : Faut mener l'enquête…

Juliette, *à Tutur* : Je veux connaitre la vérité, Tutur !

Franck, *pensif* : Mais Juliette l'aurait grillé, non ? Elle avait l'air surprise, comme si elle n'avait jamais entendu parler de cette histoire de clone…

Tutur, *à Juliette* : La vérité… (*Il se gratte la tête, hésite*). La vérité, elle est difficile à croire…

Johan, *à Franck* : Peut-être qu'elle cache bien son jeu, Juliette… Peut-être qu'elle est de mèche avec le clone...

Tutur, *à Juliette* : La vérité, c'est qu'il n'a pas supporté…

Franck, *à Johan* : Who là ! Johan ! Tu te rends compte de ce que tu insinues ? Tu suggères un meurtre, là !

Tutur, *à Juliette* : Il n'a pas supporté les conséquences de m'avoir introduit dans sa vie…

Johan, *à Franck* : Je te dis qu'il faut mener l'enquête…

Juliette, *à Tutur* : Où est-il ?

Franck, *à Johan* : Et tu vas faire quoi, des résultats de ton enquête ? Porter plainte contre un clone ? Qu'Arthur avait lui-même acheté ? Va savoir s'il n'a pas plutôt filé de son plein gré. Et refait sa vie quelque part.

Tutur, *à Juliette* : Dans une clairière.

Johan, *à Franck* : Tu sais bien qu'il ne serait pas parti sans nous dire au revoir.

Juliette, *abasourdie* : Dans une clairière ?

Tutur hoche la tête.

Franck, *haussant les épaules* : Va savoir…

Tutur, *à Juliette* : Arthur est dans une clairière… Mais moi, je suis bien là ! Et je t'aime.

Il la prend dans ses bras.

Franck, *à Johan* : Mettons que tu aies raison. Depuis combien de temps aurait-il disparu ? On va dire qu'on n'avait rien vu avant ? On a entendu parler de cette histoire de clone il y a quelques années, et on s'en inquièterait seulement maintenant ?

Juliette, *soupirant* : Moi aussi je t'aime, Tutur.

Johan, *à Franck* : Mais… Si on ne dit rien maintenant… Et que c'est bien Tutur à la place d'Arthur… Ça crèvera les yeux de tout le monde, dans quelques années…

Juliette, *à Tutur* : S'il a décidé de faire l'ermite dans sa clairière, je me contenterai de ta présence.

Johan, *à Franck* : Et alors que nous avons maintenant des doutes certains, si nous ne dénonçons rien, nous devenons dans les faits nous aussi complices de sa disparition…

Juliette, *à Tutur* : Au fond, peu importe si en face de moi, j'ai l'un ou l'autre de vous deux…

Franck, *à Johan* : Ce serait de la délation. Et imagine les conséquences si on se trompe ! Ce serait une forme de calomnie ! On risque gros là ! On risque de perdre un ami !

Juliette, *à Tutur* : Pour moi, vous êtes un peu comme une pièce de collection. C'est comme de jouer à pile ou face.

Mais même si je ne sais plus lequel de vous deux est avec moi, ça reste toujours la même pièce.

Johan, *à Franck* : Tu vas toujours pouvoir le considérer comme un ami ? En faisant semblant de ne rien voir ?

Juliette, *à Tutur* : Au fond, je crois que c'est ce qu'il a voulu… Aussi incompréhensible que ça puisse paraître, ça me semble logique…

Franck, *à Johan* : Si Arthur est heureux là où il est, on se mêle de ce qui ne nous regarde pas… Je veux respecter sa décision, ses choix… Au nom de notre amitié, je ne veux rien dénoncer.

Juliette, *à Tutur* : Toi et Arthur, vous ne faites plus qu'un.

Johan, *à Franck* : Au nom de notre amitié, je me dois de les dénoncer….

Tutur, *à Juliette* : Il m'a tout appris.

Franck, *à Johan* : Écoute Johan, on peut encore réfléchir. Pourquoi ne pas demander à Juliette ce qu'elle en pense… *Après un instant, pensif* : Mais… Si elle ne se doute de rien ?

Juliette, *à Tutur* : Il t'a tout transmis.

Johan, *à Franck* : J'y crois pas un instant…

Tutur, *à Juliette* : C'est ce qui lui a permis de se retirer du monde.

Franck, *à Johan* : Quand même… Si jamais elle ne se doute de rien, lui annoncer qu'Arthur n'est pas Arthur…

Non seulement, ce n'est pas très simple à expliquer...
Autant dire que ça n'est pas hyper crédible... Mais
imagine qu'elle arrive finalement à nous croire... Ce
serait quand même un sacré choc...

Juliette, *à Tutur* : Dis, Tutur, tu m'emmèneras voir la
clairière ?

Franck, *à Johan* : Je ne sais pas dans quoi on va
s'embarquer, si jamais on remue tout ce bordel.... On
pourrait aussi vraiment décider de se taire... Allez, la nuit
porte conseil...

Rideau.

FIN